RECIT

FIDÈLE ET COMPLET

DE TOUT CE QUI A PRÉCÉDÉ ET SUIVI LA DÉCOUVERTE

DU

TESTAMENT DE LA REINE.

IMPRIMERIE DE Mme. V^e. PERRONNEAU,
QUAI DES AUGUSTINS, N°. 39.

RÉCIT

FIDÈLE ET COMPLET

DE TOUT CE QUI A PRÉCÉDÉ ET SUIVI LA DÉCOUVERTE

DU

TESTAMENT DE LA REINE,

Avec le *fac simile* de ce Testament, beaucoup plus correct
que tous ceux qui ont paru jusqu'à présent;

Par M. MONTJOYE,

Auteur de l'Histoire de Marie-Antoinette.

A PARIS,

Chez Madame Vᵉ. LEPETIT, Libraire, rue Pavée-
Saint-André-des-Arts, nº. 2.

1816.

TESTAMENT DE LA REINE,

ET

Récit de ce qui a précédé et suivi la découverte de cette pièce.

———

L'HISTOIRE de la Reine Marie - Antoinette, était le seul monument élevé à la mémoire de cette auguste princesse. Aucun des faits dont cette Histoire se compose, n'avait excité la plus légère réclamation. Les personnes les plus difficiles à convaincre, soit qu'elles tinssent trop à des préventions légèrement conçues, soit qu'intérieurement elles eussent des reproches à se faire, n'osaient cependant inculper ouvertement la véracité de l'auteur. Une seconde édition de son ouvrage, donna un nouveau degré de force à la foi qui lui était due; car cette seconde édition fut faite sous les yeux de Mme. la princesse de Chimay; un tel témoin était irrécusable : chacun savait que Mme. de Chimay, attachée trente ans à la feue Reine, par un service particulier et honorable, en donnant dans la première cour de l'Europe, l'exemple de toutes les vertus, s'y était sur-tout distinguée par une horreur invincible pour ce qui avait même l'apparence du mensonge ; et, comme on l'a vu, ce fut quelques heures avant sa mort, qu'elle attesta la vérité des faits qui honoraient la mémoire de l'auguste et digne épouse de Louis XVI. Qu'opposer à une telle déposition qui tire du moment où elle a été faite, un caractère religieux ?

Aujourd'hui, un témoignage plus éclatant encore confirme le récit de l'historien, et ne laisse plus à la calomnie d'autre ressource que de se taire ou de se rétracter. Ce témoignage est celui de la Reine elle-même. L'écrit, justement appelé son *Testament*, puisqu'il présente ses derniers vœux, sanctionne l'opinion que la lecture de son Histoire avait donnée de la bonté de son cœur, de la magnanimité de son âme, de la force de son courage, de son héroïque résignation, de son angélique indulgence.

Quel malheur pour les contemporains, pour la postérité, pour l'univers entier, si une telle pièce eût été perdue, anéantie ! C'est par un miracle tout particulier de la Providence que nous possédons ce lugubre et douloureux monument, cette preuve terrible des forfaits où peuvent entraîner les passions déchaînées par l'impiété. Et ce qui ajoute au bienfait de la Providence, c'est qu'elle a permis que ceux-là même qui avaient égorgé la victime, gardassent religieusement, et laissassent ensuite échapper de leurs mains l'écrit qui devait dévoiler toute leur férocité. Avant d'en donner le texte, on croit devoir faire connaître au lecteur de quelle manière on est parvenu à sa découverte.

La Reine, descendue du tribunal, ou plutôt de l'antre où sa mort avait été résolue, et n'ignorant pas que les tigres altérés de son sang, étaient impatiens de le répandre, voulut profiter du peu d'instans que lui laissaient les préparatifs de son martyre, pour consigner dans un écrit ses dernières pensées, ses dernières volontés : elle crut devoir adresser cet écrit à la princesse Élisabeth, imaginant que cette princesse survivrait aux orages révolutionnaires : c'était une illusion digne de sa belle âme. Comment les misérables qui n'avaient pas épargné le saint Roi son époux, auraient-ils pu épargner sa belle-sœur ? comment les monstres qui ne respectaient pas même la divinité, auraient-ils pu respecter l'ange Élisabeth ? Eh ! n'avons-nous pas entendu ces mêmes hommes, ou du moins les héritiers de leur rage, crier comme des forcenés, en se pressant sur les pas de l'échappé

de l'île d'Elbe : *Vive la Mort ! à bas Dieu !*
vive l'Enfer ! La postérité voudra-t-elle le croire
qu'il se soit trouvé parmi nous une classe
d'hommes qui ait proféré des blasphêmes jusqu'alors inouis ? L'idée d'un Dieu les impor-
tunait ; ils desiraient la mort pour tous ceux
qui ne partageaient pas leur sacrilège fanatisme ;
et se rendant justice, ils invoquaient pour eux-
mêmes l'enfer.

La princesse Élisabeth pouvait-elle ne pas être
dévorée à son tour par de telles bêtes féroces ?
Hélas ! elle fut même privée de la seule consolation qu'elle eût pu encore goûter ; les adieux
de sa belle-sœur ne lui parvinrent pas. Ceux
qui surveillaient la Reine, dépités, impatiens
de son imperturbable présence d'esprit, ne lui
laissèrent le tems ni d'achever ni de signer la
lettre qu'elle écrivait ; ils la lui arrachèrent bru-
talement. Ainsi la fille des Césars, qui, comme
l'héritier de Henri IV, devait souffrir toutes les
sortes de douleurs, eut en périssant la déchi-
rante conviction que sa sœur, que son amie
ne recevrait pas la dernière preuve d'affection
que dans l'épouvantable dénûment où une in-
justice et une cruauté sans exemple l'avaient
jetée, il eût été en son pouvoir de lui donner.

Munis de cet écrit sacré, ceux qui s'en étaient
emparés le portèrent comme une conquête

digne d'eux , à Fouquier-Tainville , que les maîtres du jour avaient travesti en accusateur public, et qui était pour ses subordonnés ce qu'était le vieux de la Montagne pour ses esclaves. Mais le tigre Fouquier-Tainville était lui-même subordonné à un chef non moins puissant que lui en méchanceté , mais plus puissant encore en autorité. Ce fut à ce chef, à Robespierre, que l'on ne peut nommer sans frisonner d'horreur , que Fouquier remit la lettre de la Reine.

Robespierre, par un juste châtiment de Dieu, ayant péri sur le même échafaud qu'il avait arrosé du plus pur sang de la France , l'assemblée qui s'était emparée du gouvernement, nomma des commissaires pour visiter les papiers de cet antropophage , et y mettre le scellé. Le conventionnel Courtois fut un de ces commissaires. Le royal testament tomba entre ses mains ; il sentit toute l'importance de cette découverte, n'en parla à personne, et conserva religieusement cette pièce. On dit que lors de la première arrivée du Roi , il informa à diverses fois deux ministres , qu'il était dépositaire d'une lettre de la feue Reine , et que les deux ministres, par des motifs qu'il devient inutile de discuter , ne tinrent aucun compte de la confidence qu'il leur faisait.

Ce ne fut qu'à la seconde arrivée du Roi, que M. le comte de Caze, ministre de la police, à la vigilance duquel rien d'important n'échappe, connut l'existence de la lettre de la Reine. En voici l'image fidèle, et, nous osons l'assurer, plus fidèle qu'aucune de celles qui ont paru jusqu'à présent. La précipitation avec laquelle les premières épreuves ont été gravées, laisse quelque chose à desirer pour la parfaite imitation de l'écriture de la Reine. Ici tout concourt à produire une illusion complette.

Le Roi, possesseur du précieux écrit, s'empressa d'en faire donner communication, par ses ministres, à la chambre des Pairs et à celle des Députés. Cette communication excita dans l'une et l'autre Chambre, un enthousiasme général. On ne lira pas sans un vif intérêt ce qui se passa à cette occasion; les éloquens discours qu'inspira la lettre de la Reine, méritent sur-tout d'être conservés, et ne sauraient être trop reproduits.

ce 16 8bre à 4 h ½ du matin

c'est à vous, ma Soeur, que j'écris pour la dernière fois. je viens d'être condamnée
non pas à une mort honteuse, elle ne l'est que pour les criminels, mais à
aller rejoindre, votre frère; comme lui innocente, j'espère montrer la même
fermeté que lui dans ces derniers moments. je suis calme comme on l'est,
quand la conscience ne reproche rien; j'ai un profond regret d'abandonner
mes pauvres enfants; vous savez que je n'existois que pour eux, et
vous, ma bonne et tendre Soeur; vous qui avez par votre amitié tout
sacrifié pour être avec nous, dans   quelle position je vous
laisse! j'ai appris par le plaidoyer même du procès que ma fille étoit
séparée de vous. hélas! la pauvre enfant, je n'ose pas lui écrire, elle
ne recevroit pas ma lettre. je ne sais même pas si celle-ci vous parviendra
recevez pour eux deux ici, ma bénédiction. j'espère qu'un jour, lorsqu'ils
seront plus grands, ils pourront se réunir avec vous, et jouir en
entier de vos tendres soins. qu'ils pensent tous deux à ce que je
n'ai cessé de leur inspirer; que les principes, et l'exécution
exacte de ses devoirs sont la première base de la vie; que leur
amitié et leur confiance mutuelle, en feront le bonheur; que ma fille
sente qu'à l'âge qu'elle a, elle doit toujours aider son frère par les
conseils que son expérience qu'elle aura de plus que lui et son amitié
pourront lui inspirer; que mon fils à son tour, rende à sa Soeur; tous
les soins, les services, que l'amitié peut inspirer; qu'ils sentent enfin tous
deux que, dans quelque position où ils pourront se trouver; ils ne seront
vraiment heureux que par leur union. qu'ils prennent exemple de
nous. combien dans nos malheurs, notre amitié nous a donné de
consolation, et dans le bonheur on jouit doublement quand on peut le
partager avec un ami; et où en trouver de plus tendre, de plus cher
que dans sa propre famille? que mon fils n'oublie jamais les derniers
mots de son père que je lui répète expressément; qu'il ne cherche jamais
à venger notre mort. j'ai à vous parler d'une chose bien pénible à mon
coeur. je sais combien cet enfant, doit vous avoir fait de la peine;
pardonnez lui, ma chère soeur; pensez à l'âge qu'il a, et combien il est facile

de faire dire à un enfant ce qu'on veut, et même ce qu'il ne comprend pas, un jour viendra j'espère, où il ne sentira que mieux tout le prix de vos bontés et de votre tendresse pour tous deux. il me reste à vous confier encore mes dernières pensées. j'aurois voulu les écrire dès le commencement du procès; mais, outre qu'on ne me laissoit pas écrire, la marche en a été si rapide, que je n'en aurois réellement pas eu le tems.

je meurs dans la religion catholique, apostolique et romaine, dans celle de mes pères, dans celle où j'ai été élevée, et que j'ai toujours professée. n'ayant aucune consolation spirituelle à attendre, ne sachant pas s'il existe encore ici des prêtres de cette religion, et même le lieu où je suis les exposeroit trop, s'ils y entroient une fois. je demande sincèrement pardon à dieu de toutes les fautes que j'ai pu commettre depuis que j'existe. j'espère que dans sa bonté il voudra bien recevoir mes derniers voeux, ainsi que ceux que je fais depuis longtems pour qu'il veuille bien recevoir mon âme dans sa miséricorde et sa bonté. je demande pardon à tout ceux que je connois, et à vous, ma soeur, en particulier; de toutes les peines que, sans le vouloir, j'aurois pu vous causer. je pardonne à tous mes ennemis le mal qu'ils m'ont fait. je dis ici adieu à mes tantes et à tous mes frères et soeurs. j'avois des amis, l'idée d'en être séparée pour jamais, et leurs peines sont un des plus grands regrets que j'emporte en mourant, qu'ils sachent, du moins, que jusqu'à mon dernier moment, j'ai pensé à eux. adieu, ma bonne et tendre soeur; puisse cette lettre vous arriver! pensez toujours à moi; je vous embrasse de tout mon coeur; ainsi que ces pauvres et chers enfants: mon dieu! qu'il est déchirant de les quitter pour toujours. adieu, adieu! je ne vais plus m'occuper que de mes devoirs spirituels.

comme je ne suis pas libre dans mes actions, on m'amènera peut-être, un prêtre, mais je proteste ici que je ne lui dirai pas un mot, et que je le traiterai comme un être absolument étranger.

Discours prononcé par M. le Vicomte DE CHATEAUBRIAND.

MESSIEURS ,

Un mois juste s'est écoulé depuis le moment où vous fûtes appelés à Saint-Denis : vous y entendîtes la lecture du Testament de Louis XVI. Voici un autre Testament : lorsqu'elle le fit, Marie-Antoinette n'avait plus que quatre heures à vivre. Avez-vous remarqué dans ces derniers sentimens d'une Reine, d'une mère, d'une sœur, d'une veuve, d'une femme, quelques traces de faiblesse? La main est ici aussi ferme que le cœur ; l'écriture n'est point altérée : Marie-Antoinette , du fond des cachots, écrit à madame Élisabeth avec la même tranquillité qu'au milieu des pompes de Versailles. Le premier crime de la révolution est la mort du Roi; mais le crime le plus affreux , est la mort de la Reine. Le Roi, du moins, conserva quelque chose de la royauté jusque dans les fers, jusqu'à l'échafaud : le tribunal de ses prétendus juges était nombreux; quelques égards étaient encore témoignés au Monarque dans la tour du Temple ; enfin , par un excès de générosité et de magnificence , le fils de saint Louis , l'héritier de tant de Rois , eut un prêtre de sa religion pour aller à la mort , et il n'y fut pas traîné sur le char commun des victimes. Mais la fille des Césars, couverte de lambeaux , réduite à raccommoder elle-même ses vêtemens, obligée , dans sa prison humide , d'envelopper ses pieds glacés dans une méchante couverture , outragée devant un tribunal infame par quelques assassins qui se disaient ses juges , conduite sur un tombereau au supplice , et cependant toujours Reine !... Il faudrait , Messieurs , avoir le courage même de cette grande victime pour pouvoir achever ce récit.

Une chose ne vous frappe-t-elle pas dans la découverte de la lettre de la Reine ?

Vingt-trois années sont révolues depuis que cette lettre a été écrite. Ceux qui eurent la main dans les crimes de cette époque (du moins ceux qui n'ont point été rendre compte de leurs œuvres à Dieu) ont joui pendant vingt-trois ans de ce qu'on appelle prospérité. Ils cultivaient leurs champs en paix , comme si leurs mains étaient innocentes ; ils plantaient des arbres pour leurs enfans , comme si le ciel eût révoqué la sentence qu'il a portée contre la race de l'impie. Celui qui nous a conservé le Testament de Marie-Antoinette, avait acheté la terre de Mont-Boissier : juge de Louis XVI, il avait élevé dans cette terre un monument à la mémoire du défenseur de Louis XVI ; il avait gravé lui-même sur ce monument une épitaphe, en vers français, à la louange de M. de Malesherbes. N'admirons point ceci, Messieurs, pleurons plutôt sur la France. Cette épouvantable impartialité qui ne produit ni remords, ni expiations, ni changemens dans la vie ; ce calme du crime qui juge équitablement la vertu, annoncent que tout est déplacé dans le monde moral, que le mal et le bien sont confondus, qu'en un mot la société est dissoute. Mais admirons, Messieurs, cette Providence dont les regards ne se détournent jamais du coupable. Il croit échapper à travers les révolutions : il parvient au bonheur et à la puissance : les générations passent, les années s'accumulent, les souvenirs s'éteignent, les impressions s'effacent ; tout semble oublié. La vengeance divine arrive tout-à-coup ; elle se présente face à face devant le criminel, et lui dit en l'arrêtant : « Me voici ! » En vain le Testament de Louis XVI assure la grâce aux coupables : un esprit de vertige les saisit ; ils déchirent eux-mêmes ce Testament ; ils ne veulent plus être sauvés ! La voix du peuple se fait entendre par la voix de la chambre des

Députés : la sentence est prononcée ; et, par un enchaînement de miracles, le premier résultat de cette sentence, est la découverte du Testament de notre Reine !

Messieurs, c'est à notre tour à prendre l'initiative. La chambre des députés a voté une adresse au Roi, pour protester contre le crime du 21 janvier ; témoignons toute l'horreur que nous inspire le crime du 16 octobre. Ne pourrions-nous pas en même tems renfermer dans cet acte de notre douleur, la proposition de M. le duc Doudeauville ? Dans ce cas, la résolution de la Chambre pourrait être ainsi rédigée :

« La chambre des Pairs, profondément touchée de la communication que Sa Majesté a daigné lui faire par l'organe de ses Ministres, arrête :

« Que son président, à la tête de la grande députation, portera aux pieds de Sa Majesté les très - respectueux remercîmens des Pairs de France. Il lui exprimera toute la douleur qu'ils ont ressentie à la lecture de la lettre de la Reine Marie - Antoinette, et toute l'horreur qu'ils éprouvent de l'épouvantable attentat dont cette lettre rappelle le souvenir ; il dira en même tems à Sa Majesté que la chambre des Pairs se joint de cœur et d'âme à celle des députés, dans les sentimens exprimés, dans le serment prononcé par cette dernière Chambre, relativement au crime du 21 janvier; suppliant le Roi de permettre que le nom de la chambre des Pairs ne soit pas oublié sur les monumens qui serviront à éterniser les regrets et le deuil de la France. »

Discours de M. le Duc DE CHOISEUL.

MESSIEURS,

Vous venez d'entendre la communication des sentimens augustes qui ont toujours animé cette Reine dont le caractère présentait l'union si parfaite de la grâce la plus noble et du courage le plus sublime ; de cette digne épouse du plus juste des Rois... Honoré de ses bontés, j'ose le dire, de sa confiance ; désigné, peut-être, dans ses derniers souvenirs, n'ayant été séparé d'elle que sur le seuil du Temple, plus qu'un autre je retrouve dans ce précieux écrit ces sentimens admirables qu'elle manifestait sans cesse, cette clémence surnaturelle, ce souvenir religieux des services, ce parfait oubli des injures, enfin ces qualités si rares qui confondirent si dignement ses calomniateurs et furent le désespoir de ses bourreaux. C'est avec un sentiment de joie et d'orgueil pour sa mémoire, que je vois offrir à l'admiration de la France la révélation de ses dernières pensées qui complètent l'honneur de sa noble existence. Il n'est plus permis maintenant de louer celle qui est au-dessus de toute louange : tout doit se taire, tout doit se recueillir dans le respect et la douleur ; la Reine au bord du tombeau se présente à la postérité comme le modèle des *Mères*, des *Épouses* et des *Reines*.

ADRESSE

DE LA CHAMBRE DES DÉPUTÉS

AU ROI.

Sire,

Après la profonde douleur que nous a causée la communication que Votre Majesté a daigné faire à la chambre, notre première pensée est d'admirer la Providence, qui a permis au tems de nous révéler les derniers sentimens de notre Reine. Pourquoi faut-il que la tombe seule soit inexorable, et retienne à jamais l'auguste victime que nous pleurons! Mais non, elle n'est pas pour nous morte toute entière : son âme religieuse et royale s'est répandue dans cette lettre, qui semble ajouter quelque chose au testament qui vous a légué des vertus plus qu'héroïques, parce qu'elles sont chrétiennes.

Nous vous remercions, Sire, du don que votre bonté fait à chacun de nous, de la lettre, dont l'art reproduit les traits originaux, mais

2

où notre âme découvre bien mieux l'image du cœur de Marie-Antoinette, Reine de France et de Navarre. Nous la transmettrons, cette lettre, en héritage à nos enfans; elle leur apprendra qu'il est des vertus supérieures aux égaremens des siècles, et que la réligion qui inspire ces vertus, est dans le cœur des Rois le gage le plus sûr du bonheur des peuples.

Réponse du Roi.

Je suis sensible aux sentimens que m'exprime la chambre des députés, à l'occasion de la communication que je lui ai faite. Aucun évènement ne m'a plus profondément touché que cette découverte. J'en rends grâces à la Providence qui a voulu révéler les vertus de celle dont je fus le sujet, le frère, et, j'ose dire, l'ami. Je suis sûr que chacun de vous conservera avec soin le présent que je lui fais, et le transmettra à nos neveux, et, comme nous, ils rendront justice à celle à qui elle fut si peu rendue de son vivant.

ADRESSE

DE LA CHAMBRE DES DÉPUTÉS

A MADAME.

MADAME ,

Le Roi vient de nous permettre d'exprimer à Votre Altesse Royale les sentimens qu'a fait naître la lettre de votre auguste mère. Ces nobles caractères ont réveillé en nous la vive douleur que le tems a fait taire sans l'affaiblir. Mais cette douleur se tempère à la vue de Votre Altesse Royale : nous nous disons que Marie-Antoinette revit en Marie-Thérèse ; ce sont les mêmes vertus, c'est le même courage, et en voyant briller en vous, Madame, les sentimens religieux de deux princesses, les cœurs appaisés se rouvrent à l'espérance et aux consolations.

Réponse de S. A. R. Madame.

Je suis vivement touchée de votre démarche ; les souvenirs que me rappelle la lettre miraculeusement conservée et écrite par une main si chère, me causent une émotion trop grande pour repondre comme je le voudrais à votre empressement.

Au moment où les Députés se retiraient, Madame a ajouté avec la bonté qui la caractérise : « Je n'ai pas voulu faire attendre votre « députation. Je serai toujours la même pour « la chambre des Députés. »

Nous terminerons cet écrit par le discours que M. le chancelier, président de la députation de la chambre des Pairs, adressa au Roi et à Madame, et par la réponse que la députation reçut de Sa Majesté et de Son Altesse Royale.

DISCOURS

De M. le Chancelier au Roi.

Sire,

Votre chambre des Pairs, profondément touchée de la communication que Votre Majesté a daigné lui faire, aurait voulu pouvoir s'affranchir des formes que votre sagesse a prescrites, pour porter sans délai au pied du trône l'hommage de sa respectueuse reconnaissance.

L'horreur et l'admiration se sont confondues à la lecture de cet écrit miraculeusement conservé, qui peint si bien la grande âme et le caractère héroïque de S. M. la Reine Marie-Antoinette, victime innocente du plus épouvantable attentat; elle est toute entière à son Dieu et à sa famille : quel merveilleux courage! quelle angélique résignation dans l'emploi de ses derniers momens!

Comme elle est sublime, quand elle trace d'une main ferme ses dernières pensées! pensées d'inquiétude et de tendresse pour ses enfans, de bienveillance et d'affection pour ses amis!

pensées que notre religion sainte et la mémoire
du Roi-martyr, ont pu seules inspirer! pensées
d'indulgence et de pardon pour ses bourreaux!
Leur audace impie n'a pas osé détruire ce précieux monument de la pus haute vertu; c'est
au moment où le crime, trop longtems impuni,
commence enfin l'expiation de sa nouvelle ré-
volte, qu'il est forcé par la Providence de
restituer à sa royale victime cet ancien titre
de gloire, qui devient pour elle un nouveau
gage d'immortalité, et pour la France entière
un nouveau sujet d'éternelle admiration.

Vos fidèles sujets, les Pairs de France, ne
peuvent trop remercier Votre Majesté d'avoir
daigné les associer à des émotions qu'ils étaient
dignes de partager; nous saisissons avec empressement cette occasion d'adhérer de cœur
et d'âme aux sentimens exprimés, comme au
serment prononcé par la chambre des Députés,
relativement au crime du 21 janvier.

On peut nous égaler, Sire, mais on ne nous
surpassera jamais en véritable dévoûment, en
respect pour votre personne, en fidélité pour
votre auguste dynastie.

Nous supplions Votre Majesté de permettre
que le nom de la chambre des Pairs ne soit
pas oublié sur les monumens qui serviront à
éterniser le deuil et les regrets de la France.

Réponse de Sa Majesté.

Je suis fort touché des sentimens que vous m'exprimez au nom de la chambre des Pairs ; en lui donnant communication de la pièce qui m'a le plus ému dans ma vie, j'ai voulu lui faire partager la douleur et l'admiration qu'elle a excitées dans mon âme.

Je reçois avec plaisir le desir que vous m'exprimez de voir vos noms gravés sur l'airain qui doit attester à jamais nos regrets et notre vénération ; c'est ainsi que vous pouvez le mieux me prouver votre attachement.

DISCOURS

De M. le Chancelier à Madame.

Madame ,

Le Roi permet à la grande députation de la chambre des Pairs de venir auprès de Votre Altesse Royale, bénir avec elle les bienfaits de la Providence qui restitue à notre vénération un des plus beaux titres de la gloire de Sa Majesté, votre auguste mère.

Nous retrouvons dans cette pièce mémorable la source féconde des hautes vertus dont nous possédons avec orgueil la vivante image.

Cet écrit sublime nous offre aussi le principe de cette union touchante qui fit la consolation, comme elle fait aujourd'hui le bonheur de votre auguste famille.

Puisse, Madame, cette grande Reine qui préparait nos destinées, quand elle s'occupait si tendrement des vôtres, accueillir du haut du ciel l'hommage de respect et d'admiration que la chambre des Pairs aime à rendre à sa mémoire!

Réponse de S. A. R. Madame.

Je reçois avec émotion l'assurance des sentimens de la chambre des Pairs; je remercie le Roi de lui avoir permis de me les exprimer, je le remercie aussi d'avoir ordonné la publication d'une pièce que tous les Français verront avec sensibilité.

FIN.

www.ingramcontent.com/pod-product-compliance
Lightning Source LLC
Chambersburg PA
CBHW061639180626
46818CB00005B/2428